FABLES CHOISIES

PAR

Hubert LeBon.

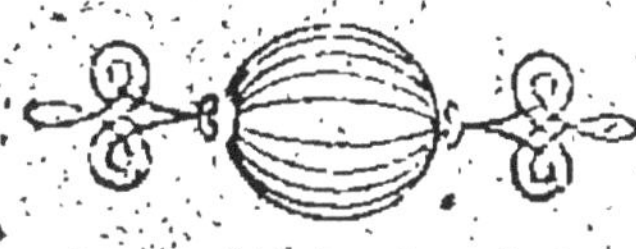

LYON,
CHEZ HUBERT LEBON ET BRUN,
Montée de Fourvières, 15.

1849.

Témoignage

DE

SATISFACTION

DONNÉ

à

le

Signé :

Maison Bouasse Lebel Rue de la Harpe 25 Paris

Seigneur je m'écrie vers vous du profond abime ou je suis. Seigneur écoutez ma voix.

FABLES CHOISIES.

Lyon. — Impr. de J.-B. Rodanet et Comp.,
r. de l'Archevêché, 3.

FABLES CHOISIES

PAR

HUBERT LEBON.

LYON,

CHEZ HUBERT LEBON ET BRUN,

Montée de Fourvières, 15.

1849.

Vous le fera trouver ; vous en viendrez à bout.
Remuez votre champ dès qu'on aura fait l'août;
Creusez, bêchez, fouillez, ne laissez nulle place
Où la main ne passe et repasse.
Le père mort, les fils vous retournent le champ
Deçà, delà, partout; si bien qu'au bout de l'an
Il en rapporta davantage.
D'argent, point de caché; mais le père fut sage
De leur montrer avant sa mort
Que le travail est un trésor.

[LAFONTAINE.]

La Cigale et la Fourmi.

La cigale ayant chanté
Tout l'été,
Se trouva fort dépourvue
Quand la bise fut venue :
Pas un seul petit morceau
De mouche ou de vermisseau.
Elle alla crier famine
Chez la fourmi sa voisine,
La priant de lui prêter
Quelques grains pour subsister,

Jusqu'à la saison nouvelle.
Je vous payerai, lui dit-elle,
Avant l'août, foi d'animal,
Intérêt et principal.
La fourmi n'est pas prêteuse :
C'est là son moindre défaut.
Que faisiez-vous au temps chaud ?
Dit-elle à cette emprunteuse.
Nuit et jour à tout venant
Je chantais ne vous déplaise. —
Vous chantiez ! j'en suis fort aise :
Eh bien ! dansez maintenant.

(*Le même*).

Le Grillon.

Un pauvre petit grillon
Caché dans l'herbe fleurie,
Regardait un papillon
Voltigeant dans la prairie.
L'insecte ailé brillait des plus vives couleurs;
L'azur, la pourpre et l'or éclataient sur ses ailes;
Jeune, beau, petit-maitre, il court de fleurs en
Prenant et quittant les plus belles. [fleurs,
Ah! disait le grillon, que son sort et le mien
Sont différents! dame nature
Pour lui fit tout et pour moi rien.
Je n'ai point de talent, encore moins de figure;
Nul ne prend garde à moi, l'on m'ignore ici-bas;

Autant vaudrait n'exister pas !
Comme il parlait, dans la prairie
Arrive une troupe d'enfants :
Aussitôt les voilà courant
Après ce papillon dont ils ont tous envie ;
Chapeaux, mouchoirs, bonnets servent à l'attraper
L'insecte vainement cherche à leur échapper.
Il devient bientôt leur conquête.
L'un le saisit par l'aile, un autre par le corps ;
Un troisième survient et le prend par la tête.
Il ne fallait pas tant d'efforts
Pour déchirer la pauvre bête.
Oh ! oh ! dit le grillon, je ne suis plus fâché ;
Il en coûte trop cher pour briller dans le monde.
Combien je vais aimer ma retraite profonde !
Pour vivre heureux, vivons caché.

[FLORIAN.]

Le Grillon et le Ver luisant.

Par une belle nuit, un grillon sautillant
Et chantant
S'en allait tout le long d'une plaine fleurie,
Il y rencontre un ver luisant,
Bien brillant,
Dont la vive lueur éclairait la prairie.
Bonsoir, bel astre radieux,
Bonsoir, noble étoile vivante,
Dit le grillon; que je te trouve heureux!
De ta lumière étincelante,
On aperçoit au loin les feux,
Et dans ce pré, sur chaque plante,
Quelqu'insecte, vers toi, tourne un œil envieux.

Il est vrai, dit le ver, mon sort est glorieux;
La nature, avec complaisance,
A répandu sur moi des dons bien précieux;
Et sans doute la différence,
Mon cher, est grande entre nous deux.
Te voilà tout brun et tout sombre,
Te traînant à tâtons dans l'ombre;
Obscur, sans être vu, sans voir;
Tandis que les rayons de ma vive lumière
Guident non-seulement mes pas quand il fait noir
Mais sont pour mainte fourmillière
Comme un second soleil qui se lève le soir.
C'était là, pour un ver, un bien pompeux langage
Mais il n'en dit pas davantage.
Guidé par sa vaine lueur
Sur notre ver luisant, un oiseau de ténèbres
Fond, l'enlève, l'accable, et, sans nulle pudeur,
L'envoie aux rivages funèbres.
Cependant le grillon tout tremblant de frayeur

S'était blotti sous des brins d'herbe :
Oh! oh! dit-il tout bas, ne soyons pas superbe.
De notre obscurité sachons nous consoler ;
La nature a voulu compenser toute chose.
De biens, de maux, chacun ici-bas a sa dose;
Il peut coûter cher de briller.

(Laurent de Jussieu)

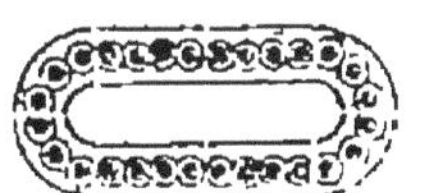

La Châtaigne.

« Que l'étude est chose maussade !
« A quoi sert de tant travailler, »
Disait, et non pas sans bailler,
Un enfant que menait son maitre en promenade.
Que répondait l'abbé? Rien. L'enfant sous ses pas
Rencontre cependant une cosse fermée,
Et de dards menaçants de toutes parts armée.
Pour la prendre, il étend le bras.
— Mon pauvre enfant, n'y touchez pas !
— Eh ! pourquoi ? — Voyez-vous mainte épine
cruelle
Toute prête à punir vos doigts trop imprudents?
— Un fruit exquis, monsieur, est caché là-dedans

— Sans se piquer peut on l'en tirer? — Bagatelle!
Vous voulez rire, je crois;
Pour profiter d'une aussi bonne aubaine;
On peut bien prendre un peu de peine
Et se faire piquer les doigts.
— Oui, mon fils: mais de plus, que cela vous en-
A vaincre les petits dégoûts [seigne
Qu'à présent l'étude a pour vous.
Ses épines cachent une châtaigne.

[Arnault.]

La petite Fleur et la Neige de Mars.

Au doux soleil de mars, une petite fleur
Avait entr'ouvert son calice,
Comme l'enfant, avec candeur,
Sourit et veut courir en voyant sa nourrice.
Fleur, enfant, ne va pas trop songer,
Dans ce qui lui plaît, au danger;
Il ne calcule pas si le temps est propice,
Pourvu qu'à l'instant il jouisse,
Qu'importe pour lui l'avenir?
Il ne voit pas si loin, et sa raison novice
Dans le présent croit tout tenir.
Ainsi ma fleurette empressée
Avait voulu trop tôt fleurir;

Et voilà qu'au lieu de rosée,
Un soudain retour de frimats
Ramenant brouillard et verglas,
La couvrit de neige glacée.
Surpris et tout émerveillé
De se voir sur une fleur si jolie,
Un brillant flocon étoilé
En ces mots lui parla : Belle petite amie
Comment avez-vous fait pour vous hâter si fort
De fleurir sans prévoir la saison inconstante ? »
— « Ah ! dit la fleur, plaignez mon sort :
Sur le soleil d'avril je comptais... imprudente !
Je ne le verrai pas, vous m'apportez la mort. »
En achevant cette parole,
La pauvre fleur déjà de froid se contractait,
Reserrait sa blanche corolle,
Et sur sa tige grelottait,
Quand soudain un doigt tutélaire
Fit tomber la neige légère

Et vint former autour de l'innocente fleur,
De paille un rempart protecteur.
Sous cet abri notre fleurette
Ne craignit plus de Mars les retours inconstants;
Et lorsqu'on découvrit sa tête,
Ce fut pour voir d'avril les rayons bienfaisants.
Age de l'inexpérience,
Garde-toi de trop te presser;
Mais lorsqu'après quelqu'imprudence,
Un péril vient te menacer,
Ne perds jamais toute espérance,
Le Dieu qui fit les fleurs songe à les protéger.
Ne crains pas que sa providence
Oublie un faible enfant au moment du danger.

[Laurent de Jussieu.]

Le Lis et la Violette.

Le Lis.

Je naquis sous un ciel prospère,
Pour un destin plein de douceur ;
Le plus frais zéphir est mon père,
La plus belle rose est ma sœur ;
La main qui tout sème et tout crée,
Prit dans son plus riche trésor
Ma noble corolle nacrée
Et ma brillante aigrette d'or.

La Violette.

« Près de la mousse je suis née,

Comme elle brune et sans beauté,
Et je bénis ma destinée :
Le bonheur c'est l'obcurité.
Le moindre rayon tiède et pâle,
Pour éclore est ce que j'attends,
Et mon premier parfum s'exhale
Au premier souffle du printemps.

Le Lis.

« Je brille au royal diadême,
Côte à côte du diamant ;
Du sceptre qu'on craint ou qu'on aime
Je fais le plus bel ornement :
Mon éclat pur et sans mélange
Enivre tout regard mortel ;

Je suis l'insigne de l'archange
Et la parure de l'autel.

La Violette.

« Je n'ai point d'éclat, mais j'embau-
On se baisse pour me cueillir , [me ,
Quand la douceur de mon arôme
Sous ma feuille vient me trahir.
On m'admire peu , mais on m'aime ;
Je plais , moi qui ne sais briller ,
Et j'ai souvent , honneur suprême !
Sein de reine pour oreiller.

Le Lis.

« Je suis l'orgueil de la vallée.

LA VIOLETTE.

« Je suis le bonheur des guérets ;

LE LIS.

« Ma vie est de gloire étoilée ;

LA VIOLETTE.

« Ma vie est humble et sans regrets.

LE LIS.

« De la grâce je suis l'emblême,
Aussi bien que de la grandeur.

La Violette.

« Moi je suis l'image qu'on aime,
De la vertu, de la pudeur. »

Ainsi, par un matin limpide,
Le lis, souvent un peu hautain,
La violette, toujours timide,
Tour à tour vantaient leur destin.
— « Vous oubliez, dit une abeille,
Un trait qui vous mettra d'accord ;
C'est que tous deux, d'ardeur pareille,
M'aidez à faire mon trésor. »

(Ad. Michel.)

Le Bœuf et le Moucheron.

Sur la corne d'un bœuf qui passait dans les champs
Un moucheron, jouet des vents,
Alla s'asseoir : Atôme imperceptible,
Sans microscope, il n'était pas visible.
Cependant l'avorton était dans l'embarras
Comment le bœuf avait pu faire un pas
Sous un fardeau si grand.—Avouez-le, beau sire,
Lui disait-il, n'êtes-vous pas bien las
De me porter ? Le bœuf se prit à rire :
Je ne t'ai, dit-il, pas senti ;
Ta vanité seule te fait connaître ;
Si tu ne m'avais averti,
J'ignorerais encor ta présence et ton être.

L'homme n'est pas moins fanfaron :
Tel se croit d'un grand poids qui n'est qu'un
moucheron. [RICHER.]

Le Renard et la Fourmi.

Un jeune renard qui avait sa bonne part d'orgueil, amassait du bois et de l'argile pour se construire une espèce d'habitation. — Que fais-tu là? lui demanda une fourmi. — Je veux me bâtir une maison d'été : ma caverne ne me convient plus. — Et le motif? serait-ce qu'elle ne t'offre pas assez de sûreté?

— Plus qu'aucune autre à vingt lieues à la ronde, mais elle est si sombre, si triste! je veux avoir désormais un séjour plus aéré, plus spacieux. — Et si ensuite, les paysans te découvrent, te cernent, te prennent, que te servira alors la beauté de ta nouvelle demeure? — Alors, je trouverai bien dans ma tête de quoi me tirer d'affaire. D'ailleurs, qui t'a demandé ce conseil, chétive et misérable créature? — Penserais-tu donc que la prudence ne peut habiter que dans de grands corps? va, crois-moi, on s'aperçoit que tu es encore jeune, puisque tu refuses d'entendre ce qu'on ne méprise jamais, quand on est prudent et expérimenté, un conseil amical.

(MEISSNER.)

Le Ver luisant.

Dans un bosquet de chêne, un ver luisant se reposait sur l'herbe tendre, sans se douter de l'éclat dont il brillait.

D'une touffe de mousse fangeuse, sort doucement un monstre, un crapaud, qui lance tout son venin sur le pauvre insecte.

Ah! que t'ai-je fait? crie le ver. Eh! répond le cruel, pourquoi brilles-tu?

(PFEFFEL).

Le Colimaçon.

Sans amis , comme sans famille ;
Ici-bas vivre en étranger ;
Se retirer dans sa coquille
Au signal du moindre danger ;
S'aimer d'une amitié sans bornes ;
De soi seul emplir sa maison ;
En sortir suivant la saison ,
Pour faire, à son prochain, les cornes;
Signaler ses pas destructeurs

Par les traces les plus impures;
Outrager les plus belles fleurs
Par ses baisers ou ses morsures;
Enfin, chez soi comme en prison.
Veiller de jour en jour plus triste;
C'est l'histoire de l'égoïste,
Et celle du colimaçon.

(Arnault.)

L'Enfant et la Rosée.

Un tout petit enfant, un jour, avec son père,
Saluait, dans les champs, le retour du soleil.
La rosée, en cristal vermeil,
Etincelait au loin sur la mousse légère;
Et mariant à l'incarnat des fleurs
L'éclat des plus vives couleurs,
Sur chaque feuille, à chaque tige,
De l'écharpe d'Iris étalait le prestige.

Notre marmot, séduit par ce riant tableau.
Croit voir un diamant dans chaque goutte d'eau,

Il s'approche, et soudain l'illusion s'efface...
En pleurant, il rejoint son père qui l'embrasse.
« Tu croyais, lui dit-il, conquérir un trésor,
Ce n'était que des pleurs comme sur ton visage.
Pauvre petit, retiens ce vieil adage :
« *Tout ce qui brille n'est pas or.* »

[F. Coignet.]

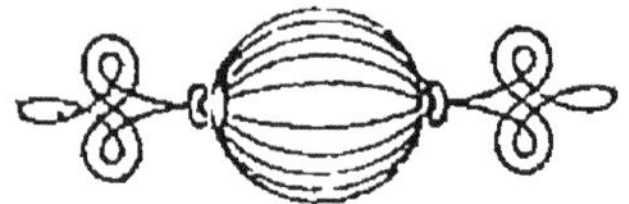

Le Peintre et le Savetier.

Certain peintre gisait au fond d'un noir grenier
Des beaux talents c'est le Louvre ordinaire.
Il vanta la peinture à son savetier Pierre :
« Mon ami, lui dit-il, quitte ce vil métier,
Prends plutôt le mien, pauvre hère,
Tu te verras prôné par tout le pays :
Les écus pleuvront sur ta tête,
Chaque jour sera jour de fête,
Et Pierre aura de beaux habits;
Joins à cela maison complète,

Amis choisis, meubles nouveaux,
Puis un carosse et deux chevaux.... »
— « Doucement, ami, reprit l'autre,
S'il pleut tant d'or, où diable est donc le vôtre?
Non, plutôt rester savetier :
Le métier qui fait vivre est le meilleur métier. »

[Alex. MON.]

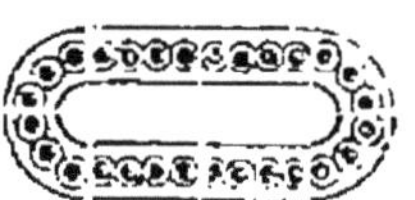

D'un prêtre qui voulut montrer à lire à un Loup.

« Je montre ici, par un ancien exemple, que les loups gardent toute leur vie, le caractère qu'ils ont reçu en naissant. On aurait beau donner un maître au loup, on aurait beau l'instruire, comme pour en faire un prêtre, il n'en serait pas moins un loup cruel, trompeur et avide.

« Un prêtre voulut jadis instruire un loup et lui apprendre à lire :

« — *A*, dit le prêtre ;

« — *A*, répète le loup, animal faux et perfide.

« — *B*, dit ensuite le prêtre, prononce avec moi ;

« — *B*, répond le loup, les yeux sur la lettre.

« — *C*, continue le prêtre ;

« — *C*, dit le loup, est-ce donc si difficile ?

« — Le prêtre ajoute : dit maintenant toi-même ;

« — Le loup répond, je ne sais quoi.

« — Dis ce qui te semble, épèle, dit le prêtre.

« — *Agneau*, répond le loup, *agneau* !

« — Le prêtre, que cette vérité frappe, s'écrie : ce qu'on a dans la pensée, on l'a toujours dans la bouche. »

(MARIE *de France*.)

La Goutte de Pluie et la Coquille.

Une goutte de pluie descendit d'un nuage; confuse en découvrant l'immensité de la mer: « quelle étendue, dit-elle, que de flots! et que suis-je? si l'existence est là, je n'existe même pas. » Tandis qu'elle s'humiliait dans sa contemplation, une coquille la reçut dans son sein : elle devint une perle digne du front des rois : ainsi sa modestie fit son élévation, et en s'abîmant dans le néant elle mérita l'existence.

(*Littérature persanne.*)

La Goutte d'Eau et la Fontaine.

Une goutte d'eau, tombée du ciel sur un oranger, roulait de feuille en feuille, et bientôt allait tomber à terre.

Le génie d'une belle fontaine, qui coulait au pied de l'arbre, la regardait, la pauvre petite goutte et la croyait dans l'embarras.

Il cria, en lui montrant un

long roseau : petite goutte d'eau, veux-tu que je te recueille?

Non pas, répondit la petite goutte d'eau, j'aime mieux me laisser tomber au milieu de cette jolie mousse qui est là.

Donc, elle se laissa rouler à terre; mais, hélas! au lieu de tomber sur l'herbe fraîche, elle rencontra un gros caillou qui la retint.

Alors, elle appela le beau génie, qui reparut et qui lui dit avec un air sévère : « petite, porte la peine de ton orgueil;

tu as dédaigné ma source et tu as voulu demeurer seule sur le gazon, comme une ambitieuse; tu es une folle! tu devrais savoir qu'une goutte d'eau n'est rien par elle-même, mais qu'en se réunissant à ses semblables, elle devient fontaine. Adieu. »

Vint un beau rayon de soleil qui but la goutte d'eau.

(L'abbé BLANCHET.)

La Gazelle.

Une gazelle, ayant un jour soif, vint pour boire à une fontaine ; voyant son image dans l'eau, elle remarqua avec tristesse, la forme frêle et menue de ses pieds, et avec joie la grandeur et l'élévation de ses cornes. Au même instant, des chasseurs se mirent à la poursuivre, et elle prit la fuite. Tant qu'elle fut dans la plaine, ils ne purent parvenir à l'atteindre ; mais lorsque, entrée dans les gorges de la montagne, elle passa à travers les arbres, elle fut bientôt prise et mise en pièces. Sur le poiut de mourir, elle dit : « malheur à moi, infortunée que je suis ! ce que je dédaignais m'a prolongé la vie, et ce que je préférais, me l'a fait perdre.

Cette fable signifie qu'il faut préférer le bon et l'utile, à ce qui n'est qu'agréable et frivole.

(LOCKMAN.)

Le Cantique du soir.

(Eglogue.)

Le jour allait finir ; le soleil, sur le déclin de sa carrière, jetait encore quelques rayons ; l'air devenait frais, et le zéphir agitait le feuillage des peupliers ; on voyait étinceler au ciel le brillant Vesper, qui paraissant le soir, au-dessus de l'horizon, avertir les bergers qu'il est temps de regagner leur demeure, pour aller se livrer au repos. A l'orient, paraissait l'orbite de la lune, qui, penchée sur son axe, ne montrait qu'à demi son disque argenté; ses rayons pâles étaient reflétés au loin, dans le cristal du ruisseau. Tout était tranquille dans les champs de la Sicile : le silence des bois n'était interrompu que par les gasouillements des oiseaux; on n'entendait, au loin, que le bruit monotone des cataractes formées par un torrent, qui se précipite du haut d'un rocher escarpé, semblable à celui que font les fils de Vulcain, lorsqu'à coups redoublés ils frappent de leurs lourds marteaux les enclumes résonnantes.

Pendant que les troupeaux passaient tranquillement au milieu des vertes prairies, et broutaient la feuille amère du saule, le vieux berger, précédé de ses enfants, se promenait dans les allées d'un bocage voisin ; ses traits majestueux et tranquilles, annonçaient la paix qui régnait au fond de son âme; ses vêtements étaient simples et grossiers, ses cheveux blanchis par l'âge ; ses enfants jouaient autour de lui, il souriait avec tendresse à ces jeux, qui lui rappelaient les doux souvenirs de son enfance. Il aimait à les voir folâtrer, vers le même gazon qu'il avait lui-même foulé dans son jeune âge; et, tout joyeux qu'il était, il comparait la taille de ces enfants à celle de ces jeunes arbustes, qu'il planta jadis, au jour de leur naissance. Enfin, il s'assit au milieu d'eux, et, voulant leur donner une de ces leçons qui n'appartient qu'à la vertu, d'une main, leur montrant le ciel, il leur dit :

« Mes enfants, remerciez l'Eternel, des nombreux bienfaits qu'il a répandu sur nous, bénissez en lui le père commun de tous les hommes, l'auteur de la nature; chantez tour à tour : que vos voix innocentes fassent retentir les airs des accents de la reconnaissance! »

Il dit, et ses enfants s'agenouillèrent à ses côtés ; ils joignirent leurs mains, et, les yeux au ciel, Myrtil, le plus âgé de ses fils, commença en ces termes, le cantique du soir :

« O toi, arbitre puissant et suprême de l'univers, le créateur de toutes choses, le plus infini de tous les êtres ! toi à qui seul appartiennent la gloire, la majesté et la grandeur qui gouverne l'univers entier par des lois invariables, et dont les cieux, la terre et les mers proclament la puissance; toi qui, du haut de ton trône, placé au plus haut du ciel, dont tu fais ta demeure éternelle, pénètres tout d'un seul coup d'œil, et dont le regard scrutateur lit jusqu'aux replis les plus cachés du fond des cœurs; toi qui es sans cesse environné de cette multitude innombrable d'anges, qui vivent de ton amour, qui brûlent de tes feux, et qui célèbrent, à tous les moments, tes louanges sur des harpes retentissantes, daigne un moment écouter ma prière; c'est toi qui as commandé au soleil d'éclairer le monde de ses feux vivifiants, qui lui as tracé sa route éternelle et invariable, qui, du haut de ton trône, gouvernes de ta seule volonté son char de lumières, et qui, dans ta sagesse infinie, as établi cette admirable vicissitude des saisons. Pour nous consoler de l'absence de l'astre du jour, tu as ordonné à la lune de répandre sa lumière pendant l'obscurité des nuits; tu as suspendu au haut du firmament, cette multitude innombrable d'étoiles, qui, comme autant de lampes rayonnantes, tracent au pilote une route assurée sur la vaste étendue des mers; c'est toi qui couvres nos montagnes de frimas, et nos coteaux de verdure; c'est toi qui as rempli ces abîmes immenses qui entourent la terre, et rapprochent les nations en les unissant par les liens d'un heureux commerce; tu as semé avec profusion tous nos trésors dans les entrailles de la terre. Grand Dieu! tes ouvrages sont grands comme ta sagesse.

Comment, à la vue de tant de bienfaits, l'homme osa-t-il, jadis, méconnaître son auteur? comment l'orgueil de l'impie ne s'est-il point senti abaissé à la vue de tant de merveilles? »

Ainsi chanta Myrtil, que le vieillard considérait avec attendrissement. Alors Tyrcis, plus jeune que lui, continua ainsi :

« Dieu des champs, reçois mon hommage, accepte les vœux que Tyrcis adresse au ciel, pour le bonheur de la campagne ; car les vœux du laboureur te furent toujours agréables. C'est toi qui arroses nos prairies d'une pluie abondante et qui ordonnes au ruisseau qui serpente là-bas, dans la plaine, de se précipiter en cascade du haut de la montagne voisine, pour répandre la fraîcheur dans toutes ces contrées; tu couvres nos guérêts de moissons jaunissantes, dont les molles ondulations s'agitent au gré des vents ; c'est toi qui donne la fécondité à nos troupeaux, qui remplis les mamelles de nos brebis d'un lait pur et délicieux, qui couvres nos béliers de ces toisons blanches et molles qui servent à former nos habits de fête. Tu enrichis nos vignobles de raisins empourprés; par toi, un vin doux et vermeil coule sous le pressoir du vendangeur; tu couvres nos arbres, au printemps, des fleurs les plus belles; en automne des plus beaux fruits; c'est toi qui éloignes de nos climats, les vents désastreux et les tempêtes bruyantes. Grand Dieu! accepte mon hommage, je t'offrirai les

rémices de mes fruits : puisse
ıa prière monter jusqu'à toi
omme la fumée du sacrifice ! »

Tyrcis avait à peine fini, que
ycas, le plus jeune de tous,
rmina ainsi, d'une voix douce
enfantine, le cantique sacré :

« O mon Dieu! je te rends
râce d'avoir veillé sur toute
nature, et d'avoir étendu ta
rotection spéciale sur la vie de
ıon vieux père, tu nous l'as
onservé jusqu'à ce jour; con-
nue de répandre sur lui tes
oins paternels, conserve-nous

aussi notre bonne mère, dont la tendresse fait le charme de nos jours. O Dieu puissant! si autrefois, tu as rempli nos greniers de moissons abondantes, si tu as donné la fécondité à nos troupeaux; si jamais, du haut du ciel, tu veilles sur le toit humble et rustique du laboureur, daigne exaucer les vœux d'un enfant qui t'implore; tu as toujours chéri l'enfance; accepte la reconnaissance qui t'est due; ne la méprise point dans de pauvres bergers. O mon Dieu! nous nous metsons tous sous ta protection, ne nous abandonne jamais. »

Telle fut la prière du jeune Lycas, lorsque les yeux du vieillard se remplirent de larmes, et, pressant ses enfants contre son cœur :

« Oui, mes enfants, leur dit-il, adorez-le ce Dieu puissant et bon ; admirez ses grandeurs ; le remercier de ses bienfaits, voilà ce que chacun de vous doit faire tous les jours. Si la terre nous enrichit de ses productions, si nous coulons ici des jours heureux, dans la paix et l'abondance, si tout enfin conspire à notre bonheur, songez que nous le devons à ce Dieu bienfaisant, car, tout vient de lui. Ne manquez jamais de remplir un devoir aussi sacré, ce serait se rendre indigne, pour toujours, de ses bienfaits. Et toi, ô mon Dieu! je te remercie de m'avoir donné des enfants aussi vertueux, et qui font le bonheur et la consolation de ma vieillesse. O mon Dieu! accepte mon juste tribut d'actions de grâces; veille déormais sur eux, et fais qu'ils n'abandonnent jamais le sentier de la vertu ! »

Le vieillard se tut, et, après quelques moments d'un religieux silence, il se leva, et, suivi de ses enfants, il reprit le chemin de sa demeure.

(Carrière).

TABLE.

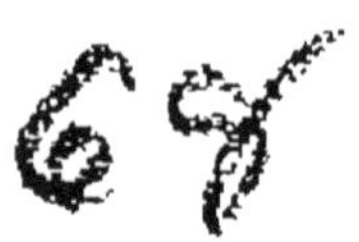

www.ingramcontent.com/pod-product-compliance
Ingram Content Group UK Ltd.
Pitfield, Milton Keynes, MK11 3LW, UK
UKHW012255240726
13966UKWH00004B/1431